LA DERNIERE

GUERRE

DES

BETES.

LA DERNIERE GUERRE DES BETES.

FABLE

POUR SERVIR A L'HISTOIRE DU XVIII. SIECLE.

PAR L'AUTEUR D'ABASSAI.

PREMIERE PARTIE.

A LONDRES;

Chez C. G. SEYFFERT, Libraire dans *Dean-Street*, vis à vis St. *Ann's-Church*, *Soho*.

M. D. CC. LVIII.

LA DERNIERE GUERRE DES BETES.

PREMIERE PARTIE.

SUR une *Montagne* dont le sommet touchoit aux Cieux, vivoit un *Sage* de qui la Science et le pouvoir n'avoient point de bornes. Maitre de régner sur toute la Nature, il avoit fixé son Empire en ce lieu.

     Des

Des *Animaux* qui habitoient une vaste *Forêt* au pied de la *Montagne* sembloient être les seuls objets de son amour, sa plus chère et presque son unique occupation. Il faisoit consister sa gloire et son bonheur, à les voir vivre dans l'union et dans la paix. Il pouvoit les y forcer, car sa volonté étoit souveraine sur les cœurs : mais il n'aimoit pas les détails. Il dormoit souvent, et ses sommeils étoient longs. Lorsqu'il s'éveilloit, il jettoit un coup d'œil sur la *Forêt,* et quand il y voyoit du trouble, des diffensions, il entroit en colère ; il en punissoit les habitans, plus ou moins, selon les

divers

divers sujets qui les avoient agités ;
il se rendormoit ensuite.

Cependant quoique la *Montagne*
où habitoit le *Sage*, fut inaccessible
aux *Animaux*, plusieurs d'entre eux
se vantoient d'avoir une confidence
intime avec lui. Ils avoient parcouru
la *Forêt*, avoient en son Nom donné
des Loix aux autres, leur avoient
fait des Préceptes ; mais ne pouvant
s'accorder ensemble, ils interprétoient
chacun à leur gré les volontés du
Sage. Ils prétendoient trouver de
l'obscurité dans les seules paroles
qu'il leur avoit dites. Elles étoient
pourtant très claires, et consistoient

en

en ces quatre mots : *Aimez moi, Aimez vous*. On les avoit enfuite commentées. Mais dans le prémier commentaire qu'on y avoit fait, elles fignifioient toujours la même chofe. Les explications au Commentaire troublèrent tout. Les uns difoient qu'aimer le *Sage*, c'étoit le craindre, en avoir peur ; les autres, que c'étoit le chérir puérilement. Les uns faifoient confifter cet amour, dans un exercice perpétuel de minuties ridicules ; les autres dans l'horreur pour ces minuties. Il y en avoit qui prétendoient, qu'il falloit, fans écouter la raifon, croire des chofes fort au deffus de la portée de leurs efprits.

D'autres

D'autres ne vouloient raisonner que sur la moitié de ces choses, quoiqu'elles fussent toutes merveilleuses au même degré.

Ils n'étoient pas plus d'accord sur le sentiment qui devoit les unir. Les uns disoient, qu'il obligeoit à persecuter, à faire mille maux à son semblable pour le convaincre ; les autres à lui en souhaiter pour le changer. Presque tous croyoient, que le souverain bonheur étoit d'habiter la *Montagne* La plûpart, plus occupés du .bien d'autrui que du leur propre, vouloient forcer leurs voisins à y grimper par les chemins les plus escarpés, tandis

qu'

qu'eux-mêmes, rodoient tranquille-
ment pour trouver des sentiers fleuris
et commodes.

Ces systêmes, et mille autres, mirent souvent la *Forêt* dans la derniére
confusion. La raison venoit quelquefois rendre à ces malheureux *Animaux*
quelque apparence de calme ; mais
le germe des préjugés étoit dans leur
ame. Il réproduisoit l'aversion et les
haines.

On sera peutétre surpris, qu'il y ait
e't un *Sage* si singulier, si inconséquent ;
des *Animaux* si extraordinaires, et en
même tems doués de raison. Mais

il faut que l'on confidère, que ce font des *Bêtes* qui nous ont tranfmis cette Hiftoire, le portrait de leur *Sage*, et le leur ; que leur Fantaifie a tenu le Pinceau pour lui, et leur vanité pour elles mêmes. Ce n'eft pas qu'il n'y en eût parmi elles quelques unes plus éclairées, qui penfoient plus convenablement de leur *Sage*. Elles difoient, qu'il avoit tout bien fait, en laiffant chaque *Animal* libre de bien faire ; et qu'il faifoit femblant de dormir, pour voir comment ils uferoient de cette utile liberté, dont le bon emploi leur devoit rendre la *Montagne* acceffible.

Ce

Ce n'eſt pas qu'il n'y en eût d'autres bien éloignées de l'orgueil du grand nombre. Celles ci diſoient, qu'il falloit honorer le *Sage*, ſans faire de vains efforts pour le pénétrer; qu'en raiſonner, c'étoit l'avilir, une *Bête* ne pouvant avoir des idées dignes de lui ; qu'il n'y avoit qu'à obéir ſimplement, et littéralement, aux quatre mots qu'il avoit bien voulu faire entendre ; ne point chercher à le deviner, puiſqu'il n'avoit pas voulu ſe faire mieux connoître ; et attendre patiemment qu'il diſposât d'elles.

Je

Je ne finirois jamais, si je voulois expliquer tous les divers systêmes, que les *Animaux* se firent sur leur *Sage* ; encore moins, si je voulois les discuter, les juger. Cette entreprise seroit aussi inutile que ridicule. Ne se souviendra-t-on pas toujours, quelle est l'Histoire que je traduis ? Et peut elle être dangéreuse ? Quels seroient ceux qui penseroient, qu'il y faut d'autres correctifs que son Titre ? Je ne veux point aussi traduire tout ce que dit leur Historien. Je raconterai seulement les cruels événemens, et le sujet de leur derniére guerre ; la punition qu'elle leur attira.

La

La *Forêt*, par les bontés du *Sage*, étoit toujours couverte d'un tapis de verdure. Un *Fleuve* la bordoit, et formant plusieurs branches, la coupoit, et séparoit les habitations que les *Animaux* s'étoient choisies. Leurs Espèces, leurs inclinations diverses, avoient rendu cet éloignement nécessaire. Mais le *Sage* avoit établi un point de réunion entre eux, qui fit cependant toûjours le principal objet de leur mesintelligence. Il avoit donné à l'herbe une saveur differente, dans chaque different climat qu'occupoient les *Animaux* ; et il leur avoit donné à tous, un goût extrême pour le changement et la diversité.

fité. Il avoit ufé de la même œcono-
mie dans les talens, et les inclinations
qu'il leur avoit departis.

Le *Lion* étoit magnifique, généreux, fort ; mais vain, fier, furieux.
Le *Léopard* avoit la même force, la
même générofité ; mais il étoit fi épris
de l'indépendance, qu'il en devenoit
farouche ; d'autant plus féroce qu'il ne
pouvoit même fouffrir d'égaux. Le
Chameau étoit laborieux ; mais d'un
Efprit lourd, d'un Cœur intéreffé. L'
Eléphant avoit mille bonnes qualités ;
fon plus grand défaut étoit fa lourde
figure, qui avoit jufqu'alors caché en
lui les dons de la Nature, et qui les
fai-

faiſoit paroître quelquefois encore ſous un jour ridicule. L'*Ours* étoit bon ami, officieux ; mais glorieux, peu capable d'entreprendre, et opiniâtre dans ſes deſſeins. Le *Loup* étoit courageux, difficile à rebuter ; mais cruel, toujours ou trop timide, ou trop téméraire ; il y en avoit de pluſieurs eſpèces, ainſi que des *Ours*. Le *Cheval* étoit àgréable, utile ; mais trop ſuperbe ; ſes forces ne répondoient pas à ſon Orgueil. Le *Chien* étoit fidéle, attentif, vigilant ; mais violent, difficile. Le *Renard* étoit prudent, politique ; mais ruſé, artificieux, fourbe, petit dans les moyens. Cette Eſpèce d'*Animaux* peuploit un vaſte coin de la *Forêt* ;

leurs

leurs Ancêtres l'avoient autrefois subjuguée ; ils avoient joint la valeur anx autres qualités, que conservèrent leurs Descendants. Comme ils s'é-toient mélés avec plusieurs autres Es-pèces d'*Animaux*, ils différoient entre eux en bien des choses ; quoique le ca-ractére National l'emportât toujours. Ils étoient même désignés par des noms différens.

La sorte de *Renards* qu'on appelloit *Castors*, étoit celle dont on faisoit le plus de cas : ils étoient vifs, indu-strieux ; mais s'ils étoient utiles à la société par leurs talens, ils y deve-noient dangéreux par leur légéreté,

I Partie.   C   leur

leur inconstance, et fâcheux par leur défiance, qui en étoit une suite.

Le *Dromadaire* étoit franc, bon, serviable; mais hautain, entêté, mal adroit. Le *Tigre*, dont jusqu'alors on n'avoit point connu le caractère, venoit de déveloper le génie le plus grand et le plus singulier; il rassembloit en lui les bonnes et les mauvaises qualites des autres *Animaux*, et il les employoit tour à tour à son avantage: l'artifice dominoit en lui.

Chaque Espèce de ces *Bêtes* produisoit une sorte de Monstres, qui tenoient moitié de l'*Animal*, qui lui avoit

avoit donné l'être, moitié du *Singe* ;
on l'appelloit auffi unanimément de ce
nom. Ces *Singes* avoient de l'efprit,
de l'adreffe ; ils faififfoient les ridicules ; ils copioient parfaitement, ou
imitoient les bonnes et les mauvaifes
qualités des autres, en tranfmettoient
la mémoire. Ils étoient Hiftoriens,
Orateurs, Critiques ; tantôt bons,
tantôt méchans ; meprifés, craints,
honorés. On avoit diverfes façons
de penfer fur leur compte, qui toutes
s'accordoient cependant à les juger né-
ceffaires.

Il y avoit une foule innombrable
d'autres *Animaux*. Mais je n'en

  | par-

parlerai qu'en passant, lorsque j'en trouverai l'occasion : mon deſſein me fixe à faire connoitre les Acteurs de la guerre que je raconte. Je dirai ſeulement, qne le mêlange de bonnes et de manvaiſes qualités ſe trouvoit en eux, ainſi que dans les *Animaux*, que j'ai dépeints. C'étoient ces goûts, ces talens divers, qui formoient des beſoins mutuels, et qui forçoient toutes les *Bêtes* à la ſociété ; c'ètoit ces dé-fauts, ces inclinations oppoſées, qui la leur faiſoient rompre.

Comme (ſelon leur Hiſtorien) tout ce que le *Sage* avoit fait pour une fin, alloit toujours à la fin contraire ; le

grand

grand Fleuve, qui devoit servir à transporter les herbes, qu'ils vouloient échanger, qui devoit leur épargner la peine d'une Route longue et pénible, qui devoit par conséquent faciliter la correspondance, fut ce qui causa le plus de divisions.

Les *Léopards*, dont l'appanage étoit dans un coin de terre, ceint du *Fleuve*, furent ceux qui sentirent le mieux les commodités, qu'ils en pouvoient retirer. Ils employèrent un plus grand nombre de *Castors*, à construire des Radeaux ; et lorsqu'ils en eûrent couvert le *Fleuve*, ils voulurent s'emparer de ses bords, afin de pouvoir à

C 3

leur

leur gré en interdire l'usage aux autres *Animaux*. Ce deffein étoit d'autant plus dangéreux, que la néceffité,
l'intérêt, et l'envie de dominer, s'étoient
réunis pour l'infpirer, et devoient le
foutenir. L'herbe qui croiffoit dans
l'Ifle des *Léopards*, avoit un gôut fade ;
ils aimoient mieux celle que produi-
foient les terres des autres *Animaux*.
Mais ils ne pouvoient les obliger à la
troquer contre la leur ; ils étoient
forcés de leur donner en échange des
Vers-luifans ; au lieu que, s'ils avoient
été les feuls maîtres des tranfports, ils
en auroient acquis,

Ce

Ce petit *Insecte* étoit l'objet des défirs et des adorations de toutes les
Bêtes ; elles le préféroient à tout, même
à leur *Sage*. Il y en avoit peu parmi
elles, qni ne s'occupaffent plus du
foin d'en amaffer un grand nombre,
que de celui de chercher les fentiers
de la *Montagne*. Aucune d'elles
n'ofoit cependant avoüer cette façon
de penfer, par une efpèce de honte
bien finguliére, puifqu'elle ne portoit
que fur l'aveu, et non fur le fenti-
ment. Ce mouvement qui femble
être le cri de la raifon, eft une cruelle fatire du cœur qui l'éprouve,

lorfqu'il

lorsqu'il ne veut que cacher ce qu'il devroit anéantir.

La folie des *Vers-luifans* étoit parvenue à un tel excès, que rien n'étoit impoffible à celui qui en avoit beaucoup, et que tous les dons de la Nature n'arrachoient point à l'obfcurité celui, qui en manquoit. L'éclat, la gloire des Royaumes (car ces *Animaux* avoient les mêmes gouvernemens, et fe fervoient des mêmes noms que nous pour les défigner), dépendoit de la quantité que le Roi et le Peuple avoient des *Vers-luifans* ; avec eux ils pouvoient avoir toutes les herbes qn'ils défiroient,

tous

tous les honneurs, toute la domination
qu'ils pouvoient prétendre. Tant d'a-
vantages réunis rendirent un vrai bien,
ce qui pouvoit procurer tout ce qn'on
regardoit comme des biens. On trouva
le moyen de multiplier les *Vers-luisans*.
Les *Léopards* excellèrent dans cet art,
et par cette multiplication ils en rem-
plirent leur Isle. Elle n'en produisoit
point ; mais ils les tiroient d'un pays
qu'habitoit une Espèce de *Chevaux*,
moins fiers, et plus paresseux que ceux
dont j'ai parlé ; sous prétexte de leur
être des Alliés utiles, ils leur faisoient
accepter leur herbe, telle qu'elle étoit,
et en tiroient un tribut annuel de *Vers-
luisans*.

Les

Les *Léopards* n'ayant pû en impofer de même aux autres Nations, virent qu'il falloit mettre l'adreffe, où la force manquoit. Ils facrifièrent la plus grande partie des *Vers-luifans* qu'ils avoient, pour en venir à bout. On étoit fi perfuadé de l'heureux fuccès qu'ils devoient avoir, que lors qu'ils n'en avoient pas affez, la fimple promeffe d'en donner enfuite fuffifoit, et leur procuroit les chofes qui auroient couté aux autres *Animaux* la réalité, et non des efpérances. Les foupçons, que leurs Ennemis voulurent donner fur leur bonne foi, ne pûrent détruire la confiance ; il eft vrai que l'inaction pou-

voit

voit produire ce mauvais effet. Les *Léopards* habiles fentirent ce danger. Ils virent qu'il valoit mieux qu'on les accusât d'injuftice, que de foibleffe. Ils connoiffoient le caractère inconféquent des *Bêtes* en general ; ils favoient que les doutes fur la probité portoient moins fur les grandes chofes, en total, que fur les détails, parceque l'intérêt qu'on y prénoit étoit moins perfonel ; que l'idée du jufte et de l'injufte étoit fi arbitraire parmi elles, qu'on pouvoit facilement en décider comme on vouloit. D'ailleurs la plûpart des *Animaux* ne poffédoient leurs habitations, que par l'ufurpation et par la force : qui d'entre eux pouvoit dire, que de nouvelles acquifitions,

faites

faites par les mêmes moyens, n'avoient
pas le même droit ?

L'Esprit profond, calculateur, hardi,
des *Léopards*, étoit fait pour embraffer
tous les objets différens; étoit capable
de former les plus grands deffeins :
c'étoit à la forme de leur gouvernement qu'ils devoient ces avantages ; la
liberté, qu'il leur laiffoit, donnoit de la
force à leurs penfées, de l'étendue à
leurs projets Mais cette liberté fi né-
ceffaire pour imaginer, pour propofer,
leur devenoit nuifible pour exécuter.
Alors quoique d'accord fur l'entreprife
projetée, ils vouloient chacun avoir le
droit d'employer les moyens ; et leur

caractère

caractère altier, indépendant, leur faifoit perdre en difputes le moment favorable. Ils avoient un Roi ; mais ce
Roi foumis aux loix de la Nation comme ceux des autres Nations, n'avoit pas
comme eux dans les cas preffans, le
pouvoir d'expliquer les loix. On lui
donnoit des Interprètes, qui devenoient
fes Tirans ; ceux-ci étoient à leur
tour comptables au peuple dont ils
dépendoient. Cette chaine de liaifons
faifoit le bonheur de tous, pendant
les tems tranquiles ; elle établiffoit
une efpèce d'égalité, qui donne toujours de l'effor au génie : la facilité de
contefter faifoit fouvent connoitre le
bien et la vérité. Mais fi alors on

I Partie.   D   con-

connoiſſoit le prix de la liberté, on en voyoit l'abus lorſqu'il falloit agir au dehors. Ainſi les *Léopards* auroient dû former des plans, dans leſquels les préjugés, la crainte, ne les auroient point gênés ; et ils auroient dû les envoyer aux *Lions*, qui moins fa-rouches, moins indomptables, les auroient mieux ſuivis.

Les *Lions* auroient eû beſoin de ce ſecours. Le deſpotiſme, chez eux, laiſſoit aux Eſprits peu de facultés pour penſer de grandes choſes, dans ce qui regardoit le gouvernement ; parcequ'il leur otoit la liberté de les propoſer. Sans ce joug, leur vivacité

les

les auroit peutêtre rendus plus capa-
bles d'imaginer, que les *Léopards* ;
quelques uns d'entre eux, étayés du
pouvoir Souverain, l'avoient prouvé.
Mais quels que fussent les desseins de
leur Roi, ils étoient exécutés avec une
soumission, dont la facilité réparoit
souvent le peu d'étendue du projet.
Comme ils avoient éprouvé que leur
union faisoit leur succès, leur obéïs-
sance aveugle ne leur coutoit rien,
lorsqu'ils croïoient aller à la victoire.
La gloire suspendoit le poids de leurs
chaines ; ils le sentoient quand elle ne
les éblouïssoit plus. Mais l'habitude
le leur faisoit supporter, quoiqu'en
gémissant. Ainsi les *Lions*, avec toutes

 les

les difpofitions d'Efprit faites pour la paix, ne pouvoient être heureux que pendant la guerre ; et les *Léopards* avec le génie le plus difpofé à la guerre, ne pouvoient l'être que pendant la paix.

Mais ces *Animaux* étoient bien éloignés de s'aider mutüellement de leurs talens, de joindre leurs avantages. Rivaux, ils fe portoient toute la haine de l'envie ; toute la fureur d'une jaloufie bien fondée ; toute l'averfion que donne la conformité dans les grandes paffions, et le plus grand contrafte dans les goûts, dans les ufages. Leur eftime mutuelle pour leurs grandes

grandes qualités réciproques, leur
éloignement pour leurs opinions contraires ; tout augmentoit ces senti-
mens. Leurs quérelles réitérées ; leur
voisinage ; (car le *Fleuve* seul les séparoit) leur même degré de puissance ;
tout redoubloit l'acharnement. Il est
vrai que les *Lions*, trop emportés dans
leurs passions pour en avoir de du-
rables, passoient quelques fois de la
haine à la prévention pour leurs Ennemis. Tantôt une folle présomption
les leur faisoient méprifer ; tantôt rem-
plis pour eux d'une admiration outrée,
ils entreprennoient une ridicule imita-
tion, qui réuffiffoit encore plus mal
aux *Léopards*, lorfqu'ils en étoient ten-

                     tés :

tés : ces derniers étoient les plus ir-
rités d'une égalité qu'ils croyoient of-
fençante ; ils firent pour la détruire
les plus grands efforts ; ils profitèrent
d'un tems où les *Lions* s'entre-déchi-
roient.

En général, les *Bêtes* dont j'écris
l'Histoire, étoient sujettes à ces fu-
reurs. Il en prenoit des accès aux
Léopards, lorsqu'on attaquoit ouverte-
ment leur liberté. L'insinuation pouvoit les subjuguer. Un de leurs Rois
les pria de *n'entendre que d'une oreille,
et de se boucher l'autre.* ; cela étoit
pénible, embarrassant ; ils le firent cependant tout de suite. Un autre eût

l'iml'imprudence de leur faire entrevoir, qu'il leur *commanderoit* de changer quelque chofe à ce nouvel ufage ; ils l'étranglèrent et chafsèrent fes Defcendans. Les *Lions* au contraire fe déchirèrent entre eux, tant que leur Souverain leur laiffa le droit d'*entendre des deux oreilles* à leur gré; dès qu'il les leur fit *couper*, ils fe foumirent malgré la jufte douleur que leur caufa cette perte.

Cependant le Roi des *Lions*, pour confoler fes Sujets, voulut leur faire voir que celui qui fe croyoit en droit de leur commander tout, pouvoit tout. Il entreprit de changer un de fes *Fils*

en

en *Cheval*, et de le faire régner sur les *Chevaux*. Ce projet mis son Royaume à deux doigts de sa perte ; il allarma d'abord toute la *Forêt*. La fierté des *Lions* leur avoit rendu tous les *Animaux* ennemis ; ils s'unirent contre un deffein qui devoit mettre le comble à l'orgueil de leur Roi. Il falloit cependant qu'ils donnaffent un Roi étranger aux *Chevaux*, qui affoiblis par une longue inaction, ne pouvoient en choifir un parmi eux. Ils leur deftinerent le *Dromadaire* ; perfuadé que cet *Animal* n'auroit fçu fe prévaloir de cet accroiffement de puiffance.

Mais

Mais tel étoit le caractère des *Lions*, plus ils trouvoient de la réfiſtance, plus ils s'irritoient. Ils ſoutinrent pendant pluſieurs années une guerre cruelle, contre preſque tous les *Animaux* de la *Forêt*. Les événemens leur en furent très funeſtes ; et ils étoient prêts à être entiérement détruits, lorſqu'enfin ils s'adoucirent. Les ſoumiſſions que fit leur Roi, étoient trop marquées au coin de la plus grande foibleſſe, pour avoir quelque mérite ; toutes les *Bêtes* cherchèrent à s'en prévaloir. Le *Chameau* entre autres, qui avoit toujours tremblé devant tous, fier de voir trembler devant lui un *Animal* ſi noble que le

Lion ;

Lion ; de le voir s'addreſſer à lui pour être ſecouru ; fier ſurtout de donner un Roi aux *Chevaux*, ſes anciens Maitres ; fit les plus dures et les plus humiliantes. conditions aux *Lions*. Leur Roi indigné, honteux de s'être avili auprès d'un tel *Animal*, s'adreſſa à ſon plus cruel, mais généreux Ennemi. Il demanda la paix aux *Léopards*. Ceux ci oublièrent dans l'inſtant leurs anciennes inimitiés ; ils ne virent plus l'objet de leur haine, dans ceux qui en voulant leur devoir leur ſalut, ſe plaçoient par cette priére au deſſous d'eux. Non ſeulement ils ſe réconcilièrent avec les *Lions*, mais ils forcèrent tous les autres *Animaux* à les imiter ; ils ne voulurent

pas

pas même, que le Roi des *Lions* eût l'affront de voir échouer le deſſein, qui lui avoit fait commencer la guerre, qui lui avoit tant couté ; ainſi ſon *Fils* demeura *Cheval*, regna ſur les *Chevaux*; et le *Dromadaire* perdit l'eſpérance de l'être.

Les *Bêtes*, en général, blamèrent beaucoup cette conduite des *Léopards*. Elles prétendoient qu'il falloit achever d'écraſer l'Ennemi commun, et non lui donner de nouvelles forces. Mais les *Politiques* d'entre elles dirent, que les *Léopards* faiſoient une action généreuſe, dont la gloire n'étoit pas le ſeul prix.

En

En effet les *Léopards* avoient profité de l'acharnement des autres *Animaux* contre le *Lion*, pour étendre sans obstacle leur posséssions sur les *Bords* du *Fleuve*, et leur domination sur le *Fleuve* même. Ils prévoïoient que les *Bêtes*, ayant assouvi leur rage contre celui, qu'elles regardoient comme le Tiran de la *Forêt*, s'apercevroient, qu'elles avoient d'autres chaines à craindre, et tourneroient leur fureur contre eux. Les *Chameaux* plus que tous, supportoient impatiemment leur empire sur le *Fleuve*. Ils avoient besoin d'en avoir l'avantage pour eux mêmes ; ils avoient songé à le leur disputer.

puter. Leur aveugle haine contre les *Lions* avoit prévalu sur leur véritables intérêts. Mais ils ne s'étoient unis aux *Léopards*, ne leur avoient aidé à augmenter leur puissance, que dans l'espoir de la partager. Ils furent donc la victime d'une alliance toujours insensée, quand on la fait avec un plus fort que soi. Ainsi les *Léopards* en devenant les Arbitres de la *Forêt*, en devinrent presque les Maitres. Les *Lions* ne pouvoient moins faire pour leurs Libérateurs, que de leur laisser ce qu'ils avoient pris, ou l'équivalent; et ces deux Nations unies, il ne restoit aux autres que leur impuissance, et le regrèt de s'être sacrifiés pour cette

I Partie.   E   union,

union, qui la leur faisoit mieux sentir.

Comme cependant la manie de tous
ces *Animaux* étoit, d'être plus jaloux
des noms que des choses, ils voulurent
conserver une apparence de liberté.
Les principales *Bêtes* de chaque Espèce s'assemblèrent, pour régler ensemble leurs communs intérêts ; la
plûpart d'elles, pour paroitre donner
des loix, lorsqu'elles en recevoient ;
toutes pour embroüiller par de longues
explications, ce qui auroit été très
clair en deux mots, et pour jetter
ainsi des semences de nouvelles dis-
sensions. Ce fut un de ces arrange-

mens

mens fait entre les *Lions* et les *Léo-pards*, qui fut la source de la guerre que j'entreprens de raconter. Mais pour en comprendre le motif, il faut remonter plus haut dans l'Histoire des *Bêtes*.

Il y avoit environ trois Siècles, que les *Chevaux* parcourant le *Fleuve* sur leurs Radeaux, l'avoient traversé. Ils avoient découvert une autre *Forêt*, qui étoit inconnue aux habitans de la Terre, d'où ils partoient. Ils y des-cendirent, ils la trouvèrent remplie de *Cerfs*, de *Daims*, de *Sangliers*, et d'autres *Bêtes* de chasse. Ces *Ani-maux* n'étant point civilisés, comme

ceux

ceux de la prémiére *Forêt*, ils les ap-
pellèrent *Sauvages*, et ne daignèrent
pas les regarder comme leurs femblables. Ils valoient cependant beaucoup mieux qu'eux, connoiſſoient
bien plus les devoirs de la Societé,
que ceux qui leur dénioient le nom de
Sociables. Les impreſſions que le *Sage*
avoit miſes dans leur cœur, n'étoient
point détruites par l'art et les préjugés. Si quelques paſſions les affoi-
bliſſoient, ce n'étoient point de ces
paſſions factices, qui dominoient dans
la *Forêt* des *Chevaux* : c'étoit des
paſſions ſi naturelles qu'elles étoient
excuſables. Ils ne connoiſſoient de
Droit de faire du mal, que celui d'une
juſte

jufte défenfe, et n'y employoient que les armes que la Nature leur avoit données. Cette fimplicité dans leurs inclinations en avoit mis dans leurs idées. Aucune d'elles n'avoit fait parler le *Sage*, felon les climats, et les génies différens de leur diverfes habitations. Ils en avoient une idée confufe, mais qui n'étoit du moins ni fauffe, ni indigne de lui.

Leur furprife fut extrême, lorfqu'ils virent arriver les *Chevaux*; ils n'avoient jamais imaginé qu'on pût traverfer le *Fleuve*; encore moins qu'il y eût des *Bêtes* au delà. L'effroi fuccéda bientôt à l'étonnement. Les

Ani-

Animaux de la *Prémiére Forêt* avoient un moyen cruel pour s'entre-détruire. Ils avoient trouvé une matiére combustible dans les entrailles de la Terre ; ils la préparoient, et la jettant en l'air, ils l'enflammoient avec leur soufle, et la poussoient contre leurs Ennemis, qu'ils consumoient ainsi à une distance assés considérable. Les *Bêtes Sauvages* prirent d'abord ces tourbillons de flâmes, pour un prodige funeste, dont rien ne pouvoit les garantir. La peur les fit tomber aux pieds des *Chevaux*, dont ils auroient pû facilement se défaire. Ceux ci auroient dû tacher alors de les gagner par la douceur ; leurs cœurs se feroient livrés

sans

fans défiance. Ils aimèrent mieux les
faire périr. Après avoir affouvi leur
rage infenfée, après avoir immolé
des *Bêtes* innocentes, qui n'avoient
envers eux ni crime, ni défenfe, après
avoir rougi de leur fang leur propre
Terre, ils la parcoururent,

Ils y trouvèrent de grands amas de
Vers-luifans ; ils virent qu'elle en re-
produifoit tous les jours : leur avidité
leur fit dès lors regarder ce Séjour,
comme le Séjour du bonheur ; ils
réfolurent de s'y fixer. Mais ils é-
toient en fi petit nombre, qu'ils crai-
gnirent de ne pouvoir dévafter la *Forêt
d'Animaux* ; encore plus d'y pouvoir

fub-

subsister seuls : ils changèrent le des-
sein de les exterminer en celui de les
assujétir. Ils s'étoient oté le moïen
de la bienveillance ; ils crurent qu'il
falloit continuer à se servir de celui de
la crainte. Mais ils savoient que ce
sentiment, ainsi que tous les autres,
est bien plus durable lorsqu'il est ex-
cité par l'imagination, que par les
sens, qui tôt ou tard apprécient juste
les objets. Ils aimèrent donc mieux
captiver les Esprits, que d'imposer aux
yeux. Ils pensèrent d'ailleurs avec
raison, que la conformité dans les
opinions est un lien.

Les

Les *Animaux Sauvages* qui s'étoient raſſemblés en tremblant, écoutèrent cependant avec attention tout ce que les *Chevaux* leur dirent de leur *Sage* ; mais ils crûrent bientôt appercevoir le but de leurs nouveaux Légiſlateurs. Ils furent frappés de la ſingularité de *l'Etre* qu'ils leur peignoient, du contraſte des exemples, qu'ils diſoient qu'il avoit donné, tantôt d'une patience incroyable, tantôt d'une fureur ſans bornes. Ils ne doutèrent pas un inſtant du partage, que les *Chevaux* voudroient faire avec eux de ces différentes leçons ; ce qu'ils avoient déja éprouvé ne les en aſſuroit que trop : ainſi ils s'enfuirent à toutes jambes à

la

la fin de leur harangue. Ils furent poursuivis ; quelques uns furent pris, et enchainés ; les autres allèrent porter l'alarme chés leurs voifins.

Cependant le bruit de la découverte, que venoient de faire ces *Chevaux*, parvint aux habitans de la *Prémiére Forêt* ; auffitôt la folie des *Vers-luifans* les faifit. Chaque Efpèce d'*Animaux* envoya quelques uns des fiens fur des Radeaux, pour découvrir d'autres habitations dans la *Nouvelle Forêt*. Mais il ne leur fut pas fi facile d'y aborder.

Les *Bêtes*, qui étoient échapées aux *Chevaux*, avoient appris à leurs femblables

blables, le danger qu'il y avoit à recevoir de pareils Hôtes ; les avoient en-
hardies à moins craindre le feu, qui
d'abord les avoit elles mêmes atterrées.
Il faut, leur difoient-elles, que ces
flâmes ne foient pas un prodige, comme
nous l'avons crû, puifque les *Chevaux*
ne les ont pas regardées comme un
moïen fuffifant pour nous détruire. Ils
ont cherché à nous féduire pour nous
faire entiérement périr ; ils nous ont
fuppofé un *Sage*, qui leur ordonnoit à
eux d'être méchans, à nous d'être
bons ; qui leur permettoit de nous
maffacrer, et qui vouloit que nous
trouvaffions que cela étoit très jufte.
Mais nous avons bien remarqué,

qu'ils

qu'ils n'avoient imaginé ce *Sage*, que pour nous ; car eux n'adoroient que les *Vers-luisans*, ce vil *Insecte* que nous foulons aux pieds.

Ces discours ranimèrent les *Animaux Sauvages*, naturellement courageux. Ainsi les Voyageurs qui virent, que la crainte n'agissoit plus pour eux, se contentèrent de considérer de loin la *Forêt*, et revinrent sur leurs pas. Il n'en falloit cependant pas davantage, pour exciter l'ambition de leurs Maîtres. Ils firent chacun de grands préparatifs pour s'emparer de quelque habitation de la *Nouvelle Forêt* ; ils ne se rebutèrent point des difficultés. L'ambition est la plus

patiente

patiente des paſſions, parce qu'elle ne prend pas ſa ſource dans le cœur, dont tous les mouvemens ſont impétueux

Ce fut dans ce moment critique (dit l'*Hiſtorien* que je traduis) que le *Sage* revint d'un de ſes longs ſommeils. Il fut indigné d'un déſir ſi injuſte, et du crime qu'avoient déja commis les *Chevaux*. Pour punir ceux-ci, il les rendit incapables de ſe ſervir des richeſſes, qu'ils avoient volées. Ils n'ont été depuis que les Dépoſitaires des *Vers-luiſans*, que leur produit leur uſurpation ; ils deviennent la récompenſe des *Animaux*, qui ſavent le mieux ſe prévaloir de leur incapacité.

I. PARTIE.　　　　　F　　　　　Le

Le *Sage* abandonna les autres *Bêtes*
à leur avidité ; leur Cœur fut rempli
d'envie, de jalousie ; leur Esprit de
chimères. Leur empreffement pour la
nouvelle acquifition leur tourna la tête.
Elles partagèrent entre elles la *Forêt*,
fans la connoître, et fe difputèrent ces
poffeffions idéales, comme fi elles a-
voient été des poffeffions réelles. Quelques unes d'entre elles pensèrent cependant, que le nom de *Bêtes Sauvages*,
qu'elles avoient donné aux *Animaux*,
dont elles vouloient envahir la *Forêt*,
pourroit ne pas les guarantir elles mêmes de celui d'*Ufurpateurs*. Elles demandèrent pour commettre cette injuftice

[51]

juftice l'aveu du *Grand Renard*. Celui ci, qui fe difoit l'*Interprète* du *Sage*,
confentit en fon nom à leurs défirs. Il
n'avoit garde d'en ufer autrement ; fa
puiffance n'étoit pas à l'épreuve de la
moindre contradiction. Il avoit éprouvé qu'elle ne fe foutenoit que par une
condefcendance aveugle. Ceux qui
font Efclaves du défir de commander,
fupportent tous les dégouts d'une fou-
miffion réelle, pour conferver l'apparence d'un honneur chimérique.

Ainfi le *Sage* rendit l'entreprife injufte des *Animaux*, la fource de leur
folie, de leurs querelles perpétuelles,
et de leur deftruction.

<table><tr><td>F 2</td><td>Après</td></tr></table>

Après plusieurs tentatives inutiles,
presque tous les habitans de la *Prémiére
Forêt*, s'établirent dans la *Seconde*. Mais
s'ils en traitèrent les habitans, avec plus
de douceur que les *Chevaux*, ils man-
quèrent de prudence dans un autre objet. L'avidité ne raisonne point, elle ne
songe qu'à se satisfaire. La *Nouvelle
Forêt* étoit immense. Chaque Espèce
pouvoit en occuper une vaste étendue,
sans avoisiner l'Espèce qui lui étoit en-
nemie. Ils ne firent point cette attention utile. Il sembla au contraire, qu'ils
ne cherchoient tous, qu'à s'approcher
de l'objet de leur aversion. Les *Chameaux* se placèrent dans le voisinage des

Che-

Chevaux. Les *Lions* et les *Léopards* s'établirent, le plus près qu'il leur fut possible les uns des autres. De là vinrent les chicanes de toute espèce, les incursions pendant la paix. Dèsque la guerre commençoit dans l'*Ancienne Forêt*, ils envahissoient mutuellement leurs possessions dans la *Nouvelle* ; et se les rendoient presque toujours ravagées et détruites. Ils auroient pû éviter ces communs malheurs, en s'éloignant comme je l'ai dit. Mais les passions, quelles qu'elles soient, cherchent machinalement à se rapprocher de leur objet.

Les *Animaux Sauvages* suivoient ordinairement le sort de leurs nouveaux

Mai-

Maîtres, vaincus, ou vainqueurs, et toujours Esclaves de la Nation qui avoit subjugué l'autre.

Les *Léopards* reçurent un grand dommage de ces changemens. Ils étoient autant jaloux d'une autorité sans bornes chez les autres, qu'amateurs de l'égalité chez eux. Il sembloit même qu'ils voulussent avoir parmi les *Animaux*, le droit exclusif de la Liberté. Les *Lions* au contraire, enchaînés dans leur ancienne demeure, ne cherchoient qu'à adoucir le poids des chaines, qu'ils donnoient aux habitans de la *Nouvelle Forêt*. Leur générosité leur faisoit désirer, de procurer aux au-

tres

tres le bien, qu'ils n'avoient pas eux
mêmes.

Les *Animaux Sauvages* sentirent la dif-
férence de ces deux jougs. Ils s'atta-
chèrent aux *Lions*. Les *Léopards* ir-
rités de cette bienveuillance de choix,
loin de se donner la peine de la mé-
riter, s'attirèrent leur haine. Après
avoir blamé la cruauté des *Chevaux*, ils
l'imitèrent. Ils mirent à prix la tête
des *Animaux*, qui leur préféroient les
Lions. Mais si par là ils forcèrent
quelquefois leurs esprits à la dissimula-
tion, ils rendirent leurs cœurs irré-
conciliables. La plus forte aversion
est toujours celle qui est produite par
la contrainte.

Je

Je l'ai dit, la *Nouvelle Forêt* étoit toujours le théatre de la fureur des *Animaux*, lorsqu'ils étoient en guerre dans la *Prémiére*. Lorsqu'ils faisoient la paix, elle devenoit par conféquent un objet confidérable dans leurs Traités. Ce fut donc après la guerre faite pour donner un Roi aux *Chevaux*, que les *Bêtes* affemblées firent ce fameux *Article de Paix*, fource de cette guerre. Il étoit conçû en ces tetmes.

Le Roi des Lions *cède aux* Léopards *l'Ifle Gris-de-lin ; la Prairie de douze cent pas, ou de mille et deux cent pas, felon l'ancien arpentage qui en a été fait ;*

comme

*comme aussi la Cabane Verte, et générale-
ment tout ce qui dépend des dits lieux cédés,
pour y boire et manger sans y être jamais
troublés par les* Lions, *qui ne pourront en
approcher de cent pas, à commencer par la
Colline, en tirant à gauche ; le Roi des*
Lions *transmettant aux* Léopards *tous
les droits que ses Sujets peuvent y avoir
acquis par quelque voye que ce soit.*

Rien ne paroit si clair que cette
cession ; rien n'a été dans la suite
trouvé plus obscur. Il est encore pro-
blematique, si les *Bêtes* qui la firent,
et celles qui l'acceptèrent, en enten-
doient le véritable sens, ou si elles
l'ignoroient. Si les *Lions* étoient de

mau-

mauvaiſe foi, l'extrémité, où ils é-
toient réduits eſt un préjugé contre
eux. Le ſilence des *Léopards* ſur cela,
ne le détruiroit pas. Un pareil re-
proche ſeroit un aveu de leur ſottiſe ;
et quelque *Bête* que l'on ſoit, on é-
pargne toûjours aux autres l'accuſa-
tion d'un vice, lorſqu'elle nous cou-
vre d'un ridicule. Enfin, on ne ſait
ſi ces *Animaux* de part et d'autre pré-
tendirent duper leurs nouveaux amis ;
ſi les uns, honteux de trop deman-
der, voulurent ſe laiſſer une vaſte é-
tendue de prétenſions ; ſi les autres,
fachés de tant accorder, voulurent
ſe laiſſer un moïen de reſtraindre
leur don.

Quoi-

Quoiqu'il en foit, ils fe conduifirent avec une attention très prudente. Tant qu'ils fe fentirent foibles, ile ne fe demandèrent décidément aucune explication. S'ils parurent s'apercevoir, que *l'Arpentage* énoncé dans la Ceffion, n'ayant pas été fait devant les deux parties, devenoit litigieux ; ils appuyèrent peu fur ce doute. Ils fe contentèrent même de s'en promètre vaguement l'éclairciffement dans un autre Traité, qu'une feconde guerre occafiona.

Enfin arriva le moment critique. Les *Lions* auroient voulu l'amener,

avec

avec une lenteur qu'ils croïoient néceſſaire pour eux. Les *Léopards* l'a-
vancèrent. Ils s'aperçurent que les
Lions faiſoient bâtir des Cabanes, dans
les endroits qui étoient en litige ; ils
s'y opposèrent. Eloignés les uns et
les autres de leurs Souverains, qui
habitoient toujours *l'Ancienne Forêt*,
ils leur firent chacun les plaintes les
plus outrées, les expoſés les plus
faux. L'averſion Nationale étoit aug-
mentée dans la *Nouvelle Forêt* par
la ruſticité des lieux, des uſages, et par
l'àpreté du Climat.

Le Roi des *Lions*, et celui des *Léopards* furent obligés alors, d'en venir
à l'ex-

à l'explication, qui auroit dû précéder le *Traité*, et non le suivre si tard. Elle commença par des reproches, par des menaces qu'ils se firent faire par leurs Ambassadeurs.

" Vous m'avez cédé la *Prairie* de
" *douze cent pas*, dit le Roi des *Léopards*
" à celui des *Lions*, et vous venez
" vous y établir contre la parole don-
" née ; vos *Lions* y construisent de
" grandes Cabanes pour s'y assem-
" bler, et pouvoir de là en chasser
" avec sureté mes *Léopards* ; faites
" moi raison de cette injustice, ou il
" faudra que mes Sujets attaquent

I PARTIE.　　　G　　　　" les

“ les vôtres, et que je défende leurs
“ droits.

“ Vous êtes dans l'erreur, lui ré-
“ pondit le Roi des *Lions*, je bâtis sur
“ un terrain qui m'appartient, et non
“ dans votre *Prairie* ; et cependant
“ vos *Léopards* viennent m'insulter
“ chez moi. Je serai forcé de punir
“ leur férocité, s'ils violent ainsi le
“ *droit des Bêtes*.

Les *Lions* peuvent ils disconvenir,
disoient les *Léopards*, que lorsqu'ils
eûrent recours à nous de l'abime où
leur ambition les avoit précipité,
ils nous cédèrent la *Prairie de douze*

cent

cent pas ? Nous avouons répondoient
les *Lions*, que nous payames le fervice que les *Léopards* nous rendirent,
du *Don* de la *Prairie de mille et deux
cent pas.* Mais reprenoient les *Léopards*, ces deux mots ne défignent-
ils pas le même objet, n'emportent-
ils pas la même idée ? Nous le croï-
ons ainfi, repliquoient les *Lions*. A
cela les *Léopards* demandoient, où
étoit donc cette *Prairie*, fi les lieux
où les *Lions* vouloient s'établir n'en
étoient pas ? Quel étoit donc cet *an-
cient arpentage* qu'ils prétendoient en
avoir fait ?

G 2   Enfin,

Enfin, après bien des difcours, et des repliques, les deux Nations convinrent qu'on mefureroit la *Prairie* folemnellement, et de concert ; qu'à cet effet leurs Rois enverroient chacun fon *Arpenteur* fur les lieux. Le jour fut fixé. Les *Lions* et les *Léopards* s'affemblèrent. Mais quelle furprife ne firent-ils point mutuellement paroître, lorfqu'ils virent les deux *Arpenteurs* envoyés ! Du côté des *Lions* parût la *Tortuë* ; et du côté des *Léopards*, le *Liévre*. Quoi ! s'écrièrent les *Léopards*, vous prétendez faire mefurer notre *Prairie* à la *Tortuë* ? Ces *douze cent pas* feront des *pas de Tortuë* ?

Tortuë ? Quoi ! difoient les *Lions*, en rugiffant, vous croïez que nous vous avons donné *mille et deux cent pas de Liévre* ; il y a de l'extravagance à nous propofer un tel *Arpenteur*. C'eft votre *Tortuë* qui eft abfurde, repliquèrent les *Léopards* ; le beau préfent que vous nous auriez fait là ; *mille et deux cent pas de Tortuë !* A ces exclamations fuccédèrent les injures ; ils fe donnèrent même quelques coups de griffes : cependant ils n'osèrent pouffer les chofes plus loin fans les ordres de leurs Souverains.

Chacun des deux Rois témoigna la plus grande indignation, de la pré-

tenfion

tenfion de fon Adverfaire ; et parût
décidé à foutenir la fienne. Mais
voyant que toutes les *Bêtes* de la *Forêt* étoient très attentives à une que-
relle fi particuliére, ils fufpendirent leur
colère, et leur deffein, pour en prouver l'équité. En général, les *Bêtes*
dont j'écris l'Hiftoire, s'occupoient
fans ceffe, et en même tems, du foin
de chercher le moment favorable pour
être injuftes avec fuccès, et celui de
paroitre juftes. La feconde de ces
deux paffions ne cédoit à l'autre, que
lorfqu'elles ne pouvoient pas fe concilier. Mais on emploïoit auparavant
l'adreffe et l'artifice pour y parvenir.
Lorfqu'on perdoit l'efpoir d'un fuccès
heu-

heureux, le mafque tomboit, et on
s'en remettoit à l'événemeut, qui ordinairement décidoit de tout.

Comme la *Tortuë* et le *Liévre* a-
voient, malgré l'altercation, fait cha-
cune féparément l'*arpentage* de la
Prairie, le Roi des *Léopards* envoïa
ordre à fon Ambaffadeur, de faire au
Roi des *Lions* cette Harangue.

    " S I R E,

" En conféquence de *l'article dou-*
" *ziéme* du *Traité de la Paix*, faite après
" la guerre des *Chevaux*, Nous Am-
" baffadeurs de fa *Majefté Léoparde*,
" déclarons en Son Nom à Votre

                " Ma-

" *Majesté Lionne*, que le *véritable ar-*

" *pentage* de la *Prairie* de *douze cent*

" *pas*, qui nous est cédée dans le dit

" Traité, est l'*arpentage* du *Liévre*.

" Nous demandons tous les prés,

" champs, ruisseaux, cabanes, et ar-

" bres, qui se trouvent dans la dite

" étendüe ; tous les lieux et terrains

" qui en dépendent, excepté la grande

" *Isle Bleuë*, et les *petites Isles* situées

" vers la Source de la large Riviére,

" que le Roi votre Prédecesseur s'est

" reservé dans l'*article* XIII. du *même*

" *Traité*. Nous demandons aussi que

" vous envoïez sur le champ vos

" ordres pour l'exécution du dit *Trai-*

" *té*, selon son véritable sens ; et que

vous

" vous faffiez fortir de la *Prairie* tous
" les *Lions* qui peuvent y être." Le
Roi des *Lions* avoit fa réponfe prête,
avant que d'avoir entendu la demande ;
il la fit rendre le même jour ; elle
étoit telle.

" Par le *Traité* fait à la paix des
" *Chevaux*, le Roi des *Lions*, notre
" Prédéceffeur, cède aux *Léopards*, la
" *Prairie* de *mille et deux cent pas*, felon
" l'*ancien Arpentage* qui en a été fait,
" comme auffi la *Cabane Verte* ; et il
" demeure en poffeffion de toutes les
" *Ifles* qui font vers la fource de la
" large *Riviére* ; excepté de l'*Ifle*
" *Jaune* donnée aux *Léopards*. Il ré-
" fulte

" fulte du dit Traité, que la *Cabane*
" *Verte* n'étoit pas comprife dans l'é-
" tendüe des *mille et deux cent pas* ; par
" conféquent c'étoit la *Tortue* qui
" avoit fait l'*arpentage* énoncé.

" De plus les *Léopards* doivent fe
" reffouvenir, qu'un des prés enclos
" dans le prétendu *Arpentage* du *Liè-*
" *vre*, ayant été envahi par un *Léopard*
" en tems de paix, fa *Majefté Lionne* en
" fit faire de grandes plaintes à la Cour
" des *Léopards* ; que les deux Rois
" nommèrent des *Commiffaires*, qui ne
" décidèrent rien ; et que l'*arpentage* de
" la *Tortue* ayant toujours exifté avant
" le *Traité*, il n'a pû être changé
" depuis.

Le

" Le Roi des *Lions* se borne ici aux
" conséquences, qui résultent de l'*Es-*
" *prit* et de la *Lettre* du *Traité.* Il
" seroit juste en même tems, que toutes
" les autres Cessions, ou Possessions de
" la *Nouvelle Forêt* qui peuvent être
" en discussion, fussent remises dans le
" même état. S'il est question cepen-
" dant d'y trouver quelque tempéram-
" ment, pour affermir la paix si nécess-
" saire à des *Bêtes*, autant éloignées de
" leurs souverains ; sa *Majesté Lionne* a
" donné trop de marques de ses bonnes
" intentions à ce sujet, pour laisser ses
" dispositions équivoques."

Cette

Cette réponse parût aux *Léopards* obscure, remplie de verbiage, et de chicanes ; ils avoient peutêtre tort. Mais ils l'eûrent bien plus en prenant le ton de douceur, qu'ils y trouvèrent, pour la preuve d'une foiblesse sans ressource. Ils ne voulurent rien rabattre de leurs prétensions, et parlèrent fort haut dans les conférences qu'ils eûrent avec les *Lions*. Ils commencèrent ainsi.

" C'est avec la plus juste indigna-
" tion, *Messieurs*, que nous voïons vos
" desseins insultans. Vous voulez nous
" faire prendre nous et nos Ayeux,

pour

" pour des fots. Quoi ! lorfque fans
" eux vous étiez perdus fans ref-
" fource ; quoi ! lorfque pour vous
" fauver, ils ont bravé la haine de
" toutes les *Bêtes* de la *Forêt*, vous
" auriez reconnu un pareil fervice par
" la ceffion d'une *Prairie* de *douze cent*
" *pas*, arpentage de *Tortuë* ; et ils
" l'auroient acceptée, lorfque vous ne
" pouviez leur rien refufer ; et vous
" prétendez nous le perfuader ?
" Quelles font parmi nous les *Bê-*
" *tes* qui pourroient donner dans un
" pareil Conte ; et quelles font celles
" parmi vous qui ofent fe flater qu'il
" prendra ? Mais nous voulons bien
" joindre à la raifon, qui eft entiére-

" ment pour nous, les *preuves* les plus
" incontestables de nos droits.

" Vous nous cédez la *Prairie*, selon
„ l'*ancien arpentage* qui en a été fait ;
" vous ne nous dites pas quand, et
" comment il fut fait. Mais cela n'est
" pas nécessaire, nous ne vous le de-
" mandons pas ; nous en savons autant
" que vous là dessus. Nous ne vous
" dirons pas même, que si on veut
" prendre le plus *ancien*, ce sera celui
" que fit à vue un *Renard* que nous
" envoïames sur un de nos Radeaux,
" lorsque vous n'étiez point encore
" dans la *Nouvelle Forêt* ; il le calcula
" *pas de Lièvre*. Ce fut sur son cal-

" cul,

" cul, qu'un de nos Rois donna le
" nom de *douze cent pas* à la *Prairie*,
" et donna la *Prairie* même à un de
" ses *Léopards*, qui s'y établit. Mais
" quoique cette preuve d'*ancienneté* fût
" concluante pour nous, nous ne vou-
" lons vous attaquer qu'avec vos
" propres armes.

" Soit que vous ayez ufurpé la
" *Prairie* fur nous, foit que les nôtres
" vous l'ayent donnée ; nous conve-
" nons que vous l'avez poffédée long-
" tems. Mais comment l'avez vous
" poffédée ? *Arpentage de Liévre*. Cela
" est facile à prouver. Les *Cartes* que
" vos *Singes* et les nôtres en ont faites
" en font des monumens autentiques.

 Les

“ Les *Lettres* qu'ils ont écrites au nom
“ de vos Rois aux Gouverneurs de
“ la *Prairie*, en font des preuves fans
“ replique. Nous vous produirons
“ tout cela dans un *Recueil* que vous
“ ne pourrez recufer.

“ Lorfque pendant la guerre, et
“ non en pleine paix, comme vous
“ nous en accufez, nous vous avons
“ pris la *Prairie*, nous vous l'avons
“ toujours donnée enfuite *Arpentage*
“ *de Liévre* ; elle vous a toujours été
“ cédée dans les Traités *Arpentage*
“ de *Liévre* ; un de vos Ambaffa-
“ deurs la demanda, *Arpentage de Lié-*
“ *vre* ; un de nos *Léopards* voulut

une

" une fois (comme par prophétie)
" vous la livrer *Arpentage de Tortuë* ;
" vous fîtes de tels rugiſſemens, qu'il
" fallut bien vîte vous la donner, *Ar-*
" *pentage de Liévre.* Pouvions nous
" donc ne pas être aſſurés que le
" *Liévre* étoit votre *Arpenteur*, ainſi
" que le nôtre ? Pouvions nous ima-
" giner, que vous prétendiez que
" c'eſt la *Tortuë*, lorſque vous avez
" toujours reclamé comme dépen-
" dans de la *Prairie*, des terrains qui
" en feroient bien éloignés, ſi ces
" *douze cent pas* étoient meſurés par
" la *Tortuë* ?

" Vous nous renvoïez à la clarté du
Traité.

" Traité. Nous la voïons bien mieux
" que vous. Il eſt malheureux que
" le jour brillant qu'il porte dans
" nos Eſprits, vous plonge dans l'ob-
" ſcurité. Examinons à qui en eſt
" la faute.

" Les *Bêtes* qui firent ce Traité, ont
" confondu le *don* et la *demande* ; ou
" plûtot elles ont crû que ce n'é-
" toit qu'*une même choſe* ; ſans cela
" auroient-elles admis le *nom* que
" nous avions donné à la *Prairie*
" avec le leur ? Ne prouvoit-t-il
" pas que nous l'avions *meſurée* ?
" Les *unir* n'étoit-ce pas reconnoitre
" l'*arpentage* que nous en avions fait ;

n'é-

" n'étoit-ce pas le fixer pour le *véri-*
" *table*, pour être en même tems l'*an-*
" *cien* ou plûtot l'*unique?* Dans ces
" tems de malheur pour votre Roi,
" quoiqu'abbatu par les revers,
" n'essaya-t-il pas cependant, pour
" vous conserver la *Prairie*, de nous
" offrir *d'en retrancher une partie*; et
" ce qu'il vouloit garder étoit même
" plus que votre *arpentage de Tortuë.*
" Auroit-il fait valoir cette modé-
" ration, si c'avoit été là sa *vérita-*
" *ble mesure?* Vous nous objectez
" une *phrase* de ce même article du
" Traité. Vous prétendez qu'elle
" prouve contre nous. Vous croïez
" que les mots, *comme aussi la Cabane*

Verte

" *Verte*, défignent un *Don féparé*,
" une *Ceffion* qui n'eft point com-
" prife dans la ceffion de la *Prairie*.
" D'abord, il fe peut, que l'*Animal*
" qui dictoit ces mots, ait manqué
" mal à propos de *refpiration*, et
" que le *Singe*, qui les écrivoit, ait
" fait en confequence une *punctua-*
" *tion fauffe*. D'ailleurs, écrits dans
" la langue des anciens *Renards*, vous
" les traduifez mal ; et qui ne fait,
" que votre langue *Lionne* n'a pas
" une *Syllabe*, une *Virgule* qui ne puiffe
" être une fource de *chicane* ? Mais
" quand nous les admettrions tels
" que vous les rendez, comment
" nous condamneroient ils ? Nous

pouvons

" pouvons vous montrer dans plu-
" fieurs autres Traités, les *Cabanes*
" *fpécifiées*, quoique comprifes dans
" le Terrain cédé. Cette attention
" vient fans doute d'une prudence
" prévoïante. Le *Donneur* peut
" n'avoir pas fatisfait les *Animaux*
" étrangers, qu'il peut avoir em-
" ploïés à bâtir la *Cabane cédée* ; et
" l'*Accepteur* en faire faire une men-
" tion particuliére, afin que les *Cha-*
" *meaux*, les *Caftors*, les *Loups*, &c.
" ne viennent pas lui en deman-
" der, l'un le *Plancher*, l'autre le
" *Toit*, ou des *Vers luifans* pour leur
" Salaire. Avons-nous du négliger
" une précaution, dont l'ufage nous
                                    " de-

" devenoit ſi néceſſaire avec une
" Nation, chez qui les Loix oppri-
" ment les Créanciers, autant que
" chez nous les Créanciers abuſent des
" Loix ? D'ailleurs, ces mots immé-
" diatement ajoutés dans le Traité,
" *et généralement tout ce qui dépend de*
" *la Prairie* ; ne prouvent ils pas,
" que la *Cabane Verte* en *dépendoit*,
" ou plûtot en *étoit* ; qu'on alloit
" tout *ſpécifier*, et que l'énumération
" ayant parû trop *longue*, on a a-
" bregé.

" Cependant, vous avez abuſé de
" la bonté que nous avons eûe, de
" laiſſer quelques uns des vôtres parmi

" mi nous ; vous vous en prévalez
" comme d'une propriété du ter-
" rain, qui nous appartient. Vous
" avez oublié que nous vous pro-
" mîmes cette *tolérance*, à *condition*
" que les *Lions*, qui resteroient dans
" la *Prairie*, deviendroient *Sujets* de
" notre Roi. Nous les avons re-
" gardés comme tels, jusqu'au mo-
" ment que les *Lions vagabonds*, qui
" sont parmi eux, leur ont dit, que
" le *Sage* leur *ordonnoit de devenir*
" *nos maitres*. Nous n'avons pas
" jugé à propos de souscrire à cet
" *ordre supposé*. Nous avons voulu
" les empêcher de se bâtir des Ca-
" banes ; ils se sont récriés à l'inju-
" stice ;

“ ftice ; ils ont voulu nous étrangler ;
“ nous en avons demandé raifon à
“ votre Roi, qui pour toute fatis-
“ faction nous a envoïé la *Tortuë*
“ pour mefurer notre *Prairie*.   Il
“ voudroit nous perfuader, et à tou-
“ tes les *Bêtes*, que ces *douze cent pas*
“ font *arpentage de Tortuë* ; il feroit
“ plus honnête à lui de ne pas joindre
“ *l'infulte* à la *violence.*

“ Enfin, nous venons de vous prou-
“ ver, que quand nous aurions reçû
“ la *Prairie*, fous le feul nom de Prai-
“ rie de *mille et deux cent pas*, nous
“ n'aurions pu la recevoir qu'*arpen-*
“ *tage de Liévre* ; puifque vous l'avez

tou-

" toujours reconnue et possédée telle.

" Nous vous avons prouvé aussi que

" l'ayant *mesurée* à notre tour, et sûre-

" ment *avant vous* ; l'ayant *nommée*

" pour désigner notre mesure ; vous

" avez dû croire, que nous n'accep-

" tions votre *arpentage*, que parce

" qu'il étoit *conforme* au nôtre ; vous

" avez par cette réunion d'idées,

" doublé l'assurance de nos droits.

" Vous nous avez cédé la *Prairie*

" que vous possédiez, *arpentage de*

" *Liévre*, telle que vous la possé-

" diez. Vous nous avez cédé la

" *Prairie* que nous connoissions, *ar-*

" *pentage de Liévre*, telle que nous

I Partie.   1   l'en-

« l'entendions. Si vous voulez ab-
« folument que la *Tortuë* foit défor-
« mais votre *Arpenteur* ; commencez
« à vous en fervir, lorfque nous fe-
« rons forcés de vous céder quelque
« chofe. Un *Animal* qui fe pique
« de *générofité* comme le fait le
« *Lion*, doit garder la *petite mefure*
« pour lui, et donner la *grande* aux
« autres, au lieu de *fubftituer frau-*
« *duleufement* l'une à l'autre, dans un
« *don*, qui a été le *tribnt de fa re-*
« *connoiffance*.

« Quant à nous, nous voulons-
« notre *Prairie*, *Arpentage de Liévre* ;

et

" et nous la défendrons à dent et
" à griffes, *Arpentage de Lièvre.*

Les *Bêtes* étrangères, qui écou-
toient la Conférence, connoissant
le caractère furieux des *Lions*, crurent qu'ils ne donneroient pas aux
Léopards le tems d'achever leurs discours. Elles furent fort étonnées,
lorsqu'ils répondirent d'un ton *doux*
et *posé.*

" *Messieurs !* Nous voyons bien que
" vous avez compté sur notre im-
" patience naturelle, quand au lieu
" de nous donner des raisons, vous
" ne nous donnez qu'une vaine dé-

I 2

" clama-

" clamation, des menaces, des invec-
" tives. Vous avez crû qu'en nous
" irritant vous brouilleriez nos idées,
" et nous feriez faire une réponse de
" travers. Mais nous savons retenir
" notre colère, lorsque nous le ju-
" geons à propos ; nous vous le
" prouverons par la patience avec
" laquelle nous allons reprendre tout
" votre discours, et y répondre. Nous
" ne mettrons pas comme vous, tou-
" tes nos raisons en un monceau in-
" forme ; nous en avons assés pour
" faire la dépense du plus grand dé-
" tail. Nous ne vous épargnerons
" pas non plus les preuves. Ecou-
" tez nous (si vous le pouvez) avec
                              " autant

" autant de patience que nous vous
" avons écoutés.

" Vous vous récriez d'abord sur
" ce qu'il est absurde de croire, que
" vos Ayeux se soient contentés de
" la *Prairie de mille et deux cent pas,*
" *Arpentage de Tortuë* ; vous préten-
" dez que nous ne pouvions rien leur
" refuser. Nous commençons par
" nier ce dernier article. Notre Roi
" ne connoissoit pas bien lui même
" ses forces, et ses ressources : l'a-
" mour des sujets en est une inta-
" rissable chez nous pour le Souve-
" rain. Le nôtre alors étoit *vieux* ;
" il craignoit de nous laisser dans

I 3   " des

" des circomftances trop critiques,
" pour le jeune *Lion* qui devoit lui
" fuccéder ; vous profitâtes en tout
" fens de fa terreur, et de fon amour
" paternel.

" Comme nous aimons à bien ju-
" ger d'autrui, (ce que nous avons
" fouvent prouvé dans les jugemens
" que nous avons fait de vous) nous
" attribuerions volontiers votre mo-
" dération à générofité. Mais vous
" vous en cffenferiez, puifque vous
" prévenez l'idée qu'on pourroit en
" avoir ; pour vous plaire nous vous
" ferons donc remarquer, que vos
" Ayeux n'ont point agi en dupes ;

" que

" que s'ils n'ont pas eû tout ce qu'ils
" demandoient, ils ont eû un hon-
" nète prix du service qu'ils nous ont
" rendû ; nous allons pour cela vous
" remettre fous les yeux l'*Article*
" XIII. du même *Traité* de la Paix
" des *Chevaux*.

" *L'Isle Jaune appartiendra aux* Léo-
" pards, *ainsi que les* Isles *adjacentes* ;
" *le Roi des* Lions *la fera remettre aux*
" Léopards, *le plûtot qu'il pourra, fans*
" *avoir déformais rien à y prétendre* ; il
" *ne fera pas permis aux* Lions *d'y bâ-*
" *tir des Cabanes, mais bien d'y aller*
" *manger, lorfqu'ils y apporteront eux*
" *mêmes des vivres, et cela feulement*

" dans

" *dans l'étendue du Champ fleuri. Maìs*
" l'Iſle Bluë, *et toutes les petites Iſles*
" *qui ſont vers la ſource de la large Ri-*
" *viére, demeureront au Roi des* Lions,
" *avec l'éntiére faculté d'y faire bâtir*
" *des Cabanes.*

" Nous penſons que cet article, et
" celui que vous avez cité, ſont très
" clairs. Nous crûmes, en promettant
" de prendre des arrangemens à ce
" ſujet, dans le dernier *Traité* que nous
" fîmes, qu'il ne s'agiſſoit que de
" quelques petites difficultés à réſou-
" dre, quelques convenances à régler.
" Mais vous demandez trop, et cela
" même prouve que vous avez tort.

Puiſ-

" Puisque nous ne vous accordâmes
" pas vos demandes dans le tems mê-
" me, où selon vous, nous n'étions pas
" en situation de vous refuser ; com-
" ment vous les accorderions nous à
" présent, que nous pouvons nous paf-
" fer de vous ? Nous vous donnâmes
" ce qui nous plût, et non tout ce que
" vous exigiez. Vous vouliez encore
" l'*Ifle Bleuë* : Notre Roi pour vous la
" refuser vous objecta, que vous y fe-
" riez trop à portée de troubler fes *Li-*
" *ons* dans fa grande Terre. Vous don-
" ner la *Prairie, Arpentage de Lièvre,*
" ne feroit ce pas vous avoir donné
" plus ; vous mettre bien mieux en
" pouvoir de nous chaffer de chez
" nous ?

" Que diriez-vous d'un *Animal*, qui
" pour demeurer en paix dans fa Ca-
" bane, en refuſeroit les dehors à ſon
" voiſin, et l'établiroit dans la pré-
" miére enceinte ? Nous aurions pré-
" ciſément imité cette *Bête* là.   Au
" reſte, l' *Iſle Bleuë* n'a point été réſer-
" vée, comme *exception* d'une *dépen-*
" *dance* de la *Prairie* ; on n'en a par-
" lé que dans l'article de l' *Iſle Jaune.*

" On a dû penſer, que vous vouliez
" la *Prairie* uniquement pour aller y
" manger, ainſi que cela eſt indiqué
" dans le *Traité.*   On vous promet-
" toit de ne point vous y allertroubler
" à *cent pas de diſtance*, à *commencer*
" *depuis*

“ *depuis la Colline, en tirant à gauche.*

“ Cette explication ne prouve-t-elle

“ pas, que cette *Colline* étoit la *Borne*

“ de la *Prairie ?* Ne s'accorde-t-elle

“ pas avec notre *Arpentage de Tor-*

“ *tuë ?* D'ailleurs, comme il ne s'a-

“ giſſoit que d'y manger, *mille et deux*

“ *cent pas de Tortuë* vous ſuffiſoient

“ dans un lieu, où l'herbe eſt ſi abon-

“ dante. Vous l'avez trouvé ainſi

“ juſques à préſent. Il eſt vrai qu'ils

“ ne vous ſuffiſent plus, ſi vous vou-

“ lez envahir notre grande Terre.

“ Mais ce changement d'objet eſt-il

“ un *droit ?* Devons nous le recon-

“ noitre ?

“ Vous

" Vous dites pour prouver, que
" *l'ancien Arpentage* de la *Prairie* est
" *l'arpentage de Liévre*, qu'elle a été
" à vous avant que d'être à nous;
" que votre Roi l'a *nommée* le pré-
" mier. Bien que le *droit d'acquérir*
" une Terre dès qu'on la *voit* le
" prémier, foit un affés fingulier
" droit ; comme il eft d'ufage par-
" mi nous, pour la *Nouvelle Forêt*,
" nous ne le difputons pas. Mais
" le *Renard* dont vous parlez, n'étoit
" pas un *Léopard* ; le Radeau fur
" lequel il étoit, il vous l'avoit payé.
" Il n'en fut pas ainfi des Radeaux
" qu'avoit le *Caftor*, que les *Chevaux*
" envoyèrent ; ils étoient à leurs dé-
"   " pens.

" pens. D'ailleurs nous avions de-
" puis long tems le *droit de vuë* sur
" la *Prairie*, quand votre *Renard*
" l'apperçût. Nous y étions même
" descendus; il auroit trouvé la trace
" de nos pas empreints sur le sable,
" s'il y avoit abordé.

" Lorsque votre Roi donna libé-
" ralement cette *Prairie* qu'il ne pos-
" sédoit pas, il la *nomma* au hazard,
" et non en conséquence d'aucun *ar-*
" *pentage*, qu'il en eût fait faire. Il
" la connoissoit si peu, qu'il igno-
" roit si elle étoit habitée. Il dit
" express'ment aux *Léopards* qui la
" lui demandoient: je vous la donne,

" fi elle n'eft pas habitée par des
" *Bêtes* de la *Prémiére Forêt*; car il
" comptoit pour rien (comme de
" raifon) les *Animaux* qui en étoient
" les *Propriétaires.* Il n'a donc pû
" donner la *Prairie*, qui ne lui ap-
" partenoit à aucuns titres; & il a
" été trop prudent pour vouloir don-
" ner ce que nous occupions. Ainfi
" le nom de *douze cent pas*, eft un nom
" idéal, chimérique; l'*arpentage* qu'il
" fuppofe n'a jamais été fait par
" vous; nous n'avons entendu *nom-*
" *mer* la *Prairie* ainfi, qu'à la *Paix*
" *des Chevaux*; c'eft nous qui en ad-
" mettant ce *nom* dans notre *Traité*,
" y avons donné une exiftence. Mais
" ce

" ce n'a été qu'autant qu'il défignoit
" le même objet, et le défignoit dé
" la même forte que nous.   Par un
" excès de précaution, qui fembloit
" preffentir la chicane que vous nous
" faites, nous vous cedâmes la *Prai-*
" *rie* de *mille et deux cent pas,* felon
" fon *ancien arpentage.* C'étoit vous
" oter le droit d'ofer, en conféquençe
" de votre *nouveau nom,* nous pro-
" pofer un *nouvel arpentage.* Les
" témoignages de nos Voyageurs
" marquent l'*ancienneté* du nôtre. Ils
" ont toujours parlé de la *Prairie* de
" *mille & deux cent pas, arpentage de*
" *Tortuë.* Il fut fans doute fait dès
" que nous y entrâmes: dans un

K 2

" tems

“ tems où nous nous félicitions, de
“ ce que vous ne fongiez point à
“ la *Nouvelle Forêt.*

“ Vous nous avez toujours *cédé,*
“ *donné,* dites-vous, la *Prairie, ar-*
“ *pentage de Liévre.* Nous vous pri-
“ ons d'abord de vouloir bien vous
“ fervir, au lieu de ces deux mots,
“ *cédé, donné,* de ceux de *reftituer,*
“ *rendre.* Un terme *déplacé* choque
“ extrémement notre oreille *Lionne.*
“ Nous vous dirons enfuite, que no-
“ tre *Prairie* étant environnée de
“ terres qui nous appartenoient,
“ vous nous la rendiez ainfi que
“ ces

" ces terres. Il nous importoit

" peu que vous appellaffiez le tout

" *Prairie de douze cent pas arpentage*

" *de Liévre*; il nous fuffifoit de la

" ravoir.

" Votre *Léopard*, qui s'arrêtant à

" la valeur réelle de la *Prairie*, ne

" voulut pas nous rendre le refte de

" nos terres; qui vous repréfenta

" la *Prairie de mille et deux cent pas*,

" *arpentage de Tortuë*; qui ne voulut

" pas en comprendre la défignation,

" fous le nom de *Prairie de douze*

" *cent pas, arpentage de Liévre*; ce

" *Léopard* fit une bonne et raifonable

" *difficulté*; nous l'en loüons et re-

K 3 mercions

" mercions tous les jours : il nous
" fournit une *preuve*, qui prife pré-
" cifément chez vous, n'eft pas de
" nature à être éludée.

" Nous ne fommes pas fi em-
" barraffés de notre *Ambaffadeur* que
" vous nous citez. Les *Ambaffa-*
" *deurs* doivent ils favoir la valeur
" de ce qu'ils demandent ? Ne fuf-
" fit il pas qu'ils l'obtiennent ? Leur
" fcience doit être l'artifice, la con-
" noiffance des Cœurs, et des Ef-
" prits, et non celle des Terres, la
" Géographie, &c. Nous nous en-
" voyons à cet effet, non des *Ani-*
" *maux* profonds, mais fouples et
" fubtils.

" fubtils. Ils doivent furtout éviter
" les chicanes fur les *Noms*, et ne
" s'arrêter qu'aux *Chofes*. Le nôtre
" auroit donc fait fon devoir, en fe
" prêtant à votre *manie* fur l'*Arpen-*
" *tage de nos terres.*

" Quant aux *Lettres* écrites à nos
" *Gouverneurs*, elles ne vous favorifent
" point ; elles prouvent que nous en
" avons eû plufieurs à la fois dans
" l'étendûe de votre *arpentage de Liè-*
" *vre.* Ils étoient chacun *Maitres*
" de *lieux diftincts*, féparés de la *Prai-*
" *rie*, défignés par de différens noms.
" Si quelques fois les Gouverneurs
" de la *Prairie* ont pouffé plus loin
" l'é-

" l'étendue de leur domination, ils
" l'ont fait par une humeur *Lionne,*
" qui ne tire point à conséquence;
" nous vous en citerons plusieurs
" plus raisonnables, qui ont respecté
" ses *véritables bornes.*

" Mais quant à la *Cabane Verte,*
" vous vous en tirez bien mal. Non,
" il n'est point de *Traités* où les mots,
" *Comme aussi,* signifient la même
" chose que dans le cas dont il est ici
" question; et vouloir y donner un
" autre sens, c'est retomber dans une
" de ces *Constructions* qui sont insup-
" portables, impossibles. Nous nions
" donc formellement, tout ce que

" vous

" vous répondez à cette *preuve* de
" nôtre *droit* ; il demeure par consé-
" quent en son entier.

" Nos *Singes* et les vôtres ont eû
" raison, lorsquils ont marqué la
" *Prairie de mille et deux cent pas, ar-*
" *pentage de Tortüe* ; ils ont eû tort,
" lorsqu'ils l'ont marquée, *arpentage*
" *de Lièvre.* Qui ne sait d'ailleurs,
" que les *Singes* en général consultent
" en écrivant leur fantaisie, leur in-
" térêt, plus que la vérité. Il y en a
" eû cependant, qui voulant tout
" concilier, ont dit, que la *Prairie de*
" *mille et deux cent pas,* faisoit partie
" de la *Prairie de douze cent pas* ; cette
" idée, quoiqu'*absurde*, est *concluante*
" pour nous.

" Vous

« Vous reprochez à nos *Lions* de la
« *Nouvelle Forêt* des *révoltes,* des *vio-*
« *lences* contre vous. Ce sont les *Bêtes*
« *Sauvages* que vos *cruautés* ont fait
« révolter ; elles se sont sauvées chez
« nous. Celles qui ont pu secouer
« votre joug se sont données à nous ;
« celles que la force retient parmi
« vous voudroient y être ; nous reg-
« nons sur leurs cœurs ; trouvez vous
« qu'il y eût du crime à accepter
« l'Empire de leur Pays ? Nous
« pourrions ajouter, que le droit le
« plus légitime d'un Roi sur un peu-
« ple, est sans doute le choix de la
« Nation. Trop attentifs à votre
« intérêt présent pour admettre
« cette

" cette maxime, vous la nieriez fans
" héfiter, vous nous en démontreriez
" la fauffeté, les fuites ; nous vous fe-
" rions des objections. Mais cette fe-
" conde difpute paroitroit encore plus
" finguliére que la prémiére ; on
" trouveroit plaifant de nous voir
" foutenir à nous une pareille thèfe,
" et de vous la voir condamner à
" vous. N'apprêtons point à rire
" aux *Bêtes*, qui penfent que les
" mêmes principes doivent fervir
" dans tous le cas, qu'on de peut les
" varier felon l'occafion et la né-
" ceffité. Faifons une paix fincère
" et durable ; rien ne fera fi facile, fi
" vous voulez vous contenter du *don*
" que

" que nous vous avons fait; être per-
" fuadés, que le *Donneur* peut feul
" *fixer* la *valeur* de ce qu'il donne,
" *l'expliquer* quand elle paroit dou-
" teufe ; que fes *preuves* valent une
" fois plus que les preuves qui lui
" font contraires. Enfin, fi vous
" voulez vous contenter de la *Prai-*
" *rie* qui vous *appartient*, telle que
" nous vous l'avons donnée *arpen-*
" *tage de Tortuë* ; & qu'il faille pour
" le bonheur commun fe *prêter* à
" quelque *arrangement raifonnable*,
" nous vous prouverons qu'à bon
" droit le *Lion* eft appellé *généreux*, et
" l'on peut ajouter *pacifique*.

" Dès

Dès que les *Lions* eûrent fini, les *Léopards* se levèrent, et leur dirent très gravement ?

" *Messieurs*, nous admirons votre
" *éloquence*; nous avoüons, qu'en un
" sujet pareil à celui que nous trai-
" tons, le *Sel* et la *légéreté* dans un
" discours sont mieux placés que la
" *précision* et la *justesse*. Nous ne sau-
" rions, sans vous reconnoitre des
" *Talens supérieurs*, réflêchir à l'adresse
" avec laquelle vous savez *donner*
" *le change* à propos, quitter, re-
" prendre votre objet principal; la
" *subtilité* avec laquelle vous *prouvez*
" et *niez l'existence* de la *Prairie de*

L   " *douze*

" *douze cent pas, arpentage de Lièvre*;
" la *fermeté* que vous avez en *re-*
" *cufant* les *témoignages*, qui ne vous
" conviennent pas ; l'*elégance* enfin
" avec laquelle vous faites valoir
" la *Paix* que vous accorderiez, fi
" l'on ne vous *difputoit* rien.   Mais
" comme nous vous croyons *inimi-*
" *tables*, nous allons vous préparer
" une *réponfe* à notre portée ; nous
" allons tacher de trouver un *art*,
" que nous puiffions fubftituer à
" *l'art de parler* que vous poffédez
" fi parfaitement.

FIN *de la* PREMIERE PARTIE.

LA CLEF

De la Guerre des Bêtes.

Pag. 1.

La Montagne, – –	Le Ciel.
Le Sage, – – –	Dieu.
2 *Les Animaux, Bêtes,*	Les Hommes,
Forêt, – – – –	Le monde.
4 *Le Commentaire,* –	L'Evangile.
10 *Le Fleuve,* – – –	La Mer.
L'Herbe, – – – –	Matières de Commerce, Mar- chandifes.
11 *Le Lion,* – – –	Le François,
Le Léopard, – – –	L'A--gl--s.
Le Chameau, – – –	Le Hollandois.
L'Elephant, – – –	Le Ruffe.
12 *L'Ours,* – – – –	L'Allemand.
Le Loup, – – –	Le Polonois, Danois, Suède.
Le Cheval, – – –	L'Efpagnol, Portugais.
Le Chien, – – –	Le Suiffe.
Le Renard, – – –	L'Italien.
Les Caftors, – – –	Les Genois.
14 *Le Dromadaire,* – –	L'Autrichien.
Le Tigre, – – –	Le Pr--ff--n.
15 *Les Singes,* – – –	Les Auteurs, ou Perfonnes diftingués par leur Efprit ou leur favoir.
17 *Radeaux,* – – – –	Vaiffaux.
18 *Vers-luifans,* – – –	Or, Argent.
25 *Interprêtes,* – – –	P--l--m--t.
30 *N'entendre que d'une oreille et fe boucher l'autre,*	Changement de Religion fous Henri VIII.
31 *Le Roi qu'ils étran- glèrent,*	Charles I.
Le Roi qui fit couper les oreilles,	Louis XIV. qui chaffa les Proteftans de la France.

39 *Le*

C L E F

---

* *NB.* L'auteur donne deux noms differens, qui signifient pourtant la même chose, pour faire sentir le ridicule de la dispute.

NB. Presque toujours lorsque l'Auteur se sert du mot de *Bêtes,* c'est pour designer quelque sottise, ou reprendre de quelque follie ; autrement il se sert de celui d'Animal.

9 782329 248639